SUR LA SITUATION

DU ROYAUME.

SUR LA
SITUATION
DU
ROYAUME.

A PARIS,

Chez l'Editeur, rue du Faubourg-Saint-Martin, N°. 6;
Et chez tous les Libraires, Marchands de Nonveautés.

1823.

SUR LA SITUATION

DU ROYAUME.

GUIDÉ par la lumière qui l'éclaire, l'observateur religieux n'oublie jamais que les événemens qui le frappent d'étonnement ont été éternellement arrêtés dans les décrets de la providence, et il sourit de pitié en voyant les efforts de quelques êtres irréfléchis, ignorans ou impies, pour prouver qu'ils sont l'ouvrage des habitans de la terre. Tous les hommes célèbres de l'antiquité, élevés par leur génie au dessus des ténèbres du paganisme, ont apperçu sur l'Olympe, qui n'était que la figure du ciel, cette immuable vérité. L'histoire l'atteste, mais, effrayés de ses leçons, des malheureux frappés de vertige les repoussent pour s'abandonner au délire qui les obsède. Parmi ces fanatiques des funestes innovations introduites depuis cinquante ans, le plus audacieux, sans doute, a été ce religieux défroqué, ministre de l'usurpateur, et introduit dans les conseils du Roi Très-Chrétien, fils aîné de l'Eglise, par un évêque apostat. Dieu qui l'avait placé auprès de l'instrument de

sa vengeance parce qu'il savait que son âme brûlait
du desir de s'associer à ses crimes, a permis qu'il
déposât, entre les mains mêmes de son Roi, l'é-
nonciation de tous les principes qui avaient fait
périr son auguste frère sur un échafaud. Cette imprudente manifestation se trouve dans son second
rapport au Roi, en 1815, sur la situation de la
France. Si le tourbillon des événemens qni nous
entraînait, n'avait pas, en présentant tous les
jours un nouvel aliment à la pensée, paralysé la
méditation et effrayé la mémoire, on ne conce-
vrait pas comment ce mémoire, où il n'y a pas
une idée qui ne blesse la religion, la monarchie
et tout ce qu'il y a de plus respectable dans le
royaume, a pu être aussitôt oublié. Mon intention, en lui donnant une nouvelle publicité,
est de faire connaître la source où ses successeurs,
non moins perfides que lui, ont puisé tous les
principes qui les ont dirigés dans la marche qu'ils
ont suivie; de prouver que son audace impunie
a été et est encore imitée par les hommes qui,
dans les deux chambres, s'y font une gloire
d'y professer ses maximes, et particulièrement de
mettre au grand jour la fausseté de ses assertions
en lui opposant des tableaux aussi vrais qu'ils sont
exacts.

Les déclamations, les injures, les vociférations
des philosophes libéraux, radicaux, carbonaris,

n'empêchent pas un homme de bon sens de dire
que tous les grands malheurs qui désolent les
empires, ne sont point l'effet des combinaisons de
tous les événemens qui s'y passent. La religion
scellée du sang de son divin législateur, a toujours
eu des ennemis occupés de la détruire ; mais son
triomphe avait été annoncé par la bouche même
de celui qui, sorti du sein d'une vierge, l'avait
établie sur la terre. L'histoire écrite avec la plus
coupable impartialité a été forcée de le consigner
dans ses pages, et d'apprendre au monde la fin
misérable de ses détracteurs. Ces détails, aussi
curieux qu'instructifs, échapperont toujours aux
yeux des lecteurs superficiels ; mais ceux qui
cherchent la vérité y trouveront le sujet des plus
profondes méditations. C'est là qu'ils apprendront
que la vengeance du ciel est ou générale ou particulière, en raison des offenses. Plusieurs écrivains
distingués par leurs talens, leurs lumières et leurs
sentimens, ont inséré dans leurs ouvrages les épi-
sodes les plus frappans ; mais aucun n'a encore
présenté l'ensemble du tableau où l'on voit la
main de la justice divine punissant les rois de
leur négligence à remplir leurs devoirs, les ministres, les grands de l'état, les riches de leur
corruption, et toutes les autres classes de la société
de leur dépravation. Irrité contre les dépositaires
de sa puissance, de leur criminelle indifférence sur

l'audace des impies qui annonçaient hautement
que l'heure était venue d'anéantir sa religion, Dieu
prépara les esprits à la plus horrible catastrophe
en frappant de démence et de sa malédiction plusieurs têtes couronnées. (1) La révolution qui
formera une des époques les plus marquantes dans
l'histoire, suivit de près ce sinistre avertissement,
et les instrumens de sa colère furent ceux dont il
se servit pour porter l'épouvante et la désolation,
dans le reste de l'Europe. Toutes les passions
et tous les vices qui peuvent entrer dans le cœur
humain, enfantèrent un délire dont les terribles
effets ne s'effaceront jamais de la mémoire des
hommes. Le méchant satisfait, triomphait en
voyant ces scènes d'horreur, et le juste avait les
yeux et les mains levés au ciel en soupirant.
Les maux de la France se sont long-temps pro-
longés, et je puis dire, sans crainte d'être démenti
par la postérité, qu'ils durent encore au moment
où j'écris. Elle a vu reparaître l'objet de ses vœux
les plus ardens, et avec cette famille vénérée,
elle croyait retrouver la paix, la tranquillité et
le bonheur. Quelle cause a arrêté la providence
qui semblait si bien disposée ? La méditation peut
seule aider l'esprit à répondre à cette question
qui semble, au premier abord, si embarrassante.

---

(1) Voyez les notes du poëme de Lycias, imprimé en 1820.

Le Dieu d'Israël, toujours jaloux de ses droits, ne pardonne pas l'ingratitude. Le trône des lys avait été relevé par sa bonté, à la condition expresse que sa religion fût rétablie dans toute sa pureté. Il ne peut y avoir d'autre traité entre le ciel et les Rois de la terre ! Une politique, contraïre à l'esprit de l'évangile, proposée par des hommes qui n'étaient dirigés que par celui de la révolution, fut imprudemment adoptée. La monarchie fit une alliance avec l'usurpation dont le trône était soutenu par les lois révolutionnaires, et le ciel indigné rappela l'usurpateur. Les prières ferventes d'une multitude d'âmes pieuses désarmèrent sa colère ; et la France fut une seconde fois heureuse. Quelle influence funeste empêcha de profiter d'une leçon aussi sévère ? Les personnes qui ne se laissent ni surprendre par des phrases captieuses, arrangées avec beaucoup d'art, ni éblouïr par le prestige de trompeuses espérances, apperçurent le génie de la révolution qui planait au-dessus du palais de nos rois, et, autour du trône, ses plus zélés partisans. Ce retour consterna la fidélité, allarma la religion, et releva le courage abbatu de leurs ennemis. De nouveaux plans furent concertés pour éloigner de l'administration l'honneur, la probité et la vertu. L'hypocrisie, le mensonge, la calomnie ; sous le masque du dévouement et de l'intérêt, rendaient suspects des êtres respectés sous le gou-

vernement qui venait de tomber. L'exécution de
tous les projets fût confiée à ce ministre qui n'était
entré dans le conseil du Roi, que pour dépouiller
la monarchie de ses droits, le roi de son autorité,
le trône de ses appuis, et la religion de son influence. Je prendrai dans son second rapport sur la
situation du royaume les preuves de tout ce que
je viens d'annoncer, et je démontrerai sa mauvaise
foi. En réfutant, d'une manière victorieuse, ce
misérable charlatan révolutionnaire ; j'apprendrai
à ceux qui l'ignoreraient encore, que la langue
française se prête difficilement aux sophismes du
jargon philosophique. C'est dans cet ouvrage élé-
mentaire où les écrivains et les orateurs libéraux
ont puisé les idées anti-monarchiques, et ces
sentences bannales, si souvent répétées dans les
journaux et dans les tribunes, s'y rencontrent à
chaque page.

Après un préambule préparatoire le ministre
insidieux dit au Roi : « Tous les partis se sou-
» mettront à V. M. ; tous au moins auront le
» langage de la soumission ; mais les uns de-
» manderont comme condition de leur fidélité
» que les droits du peuple soient maintenus ;
» les autres au contraire veulent rétrograder
» et que tout soit remis en question afin que
» l'état présent décide en leur faveur tout le
» passé. »

Ce stile ridicule de l'école moderne ne me surprend point ; mes yeux y sont accoutumés. Mais je ne concevrai jamais l'impudence d'un ministre qui osait dire à son Roi que des hommes qui servaient deux mois auparavent son plus cruel ennemi, demandaient comme condition de leur fidélité qne les droits du peuple fussent maintenus. Il ne pouvait fonder leur exigence que sur le parjure et en exaltant leur intérêt. pour le peuple, il voulait faire oublier qu'il est toujours sacrifié à l'ambition. Ceux qui ont toujours son bonheur sur leur lèvres, n'ont point son amour dans le cœur. Ses véritables amis sont les êtres vertueux qui le protégent dans sa prospérité, le consolent dans l'adversité et le soulagent dans ses afflictions.

La seconde partie de ce paragraphe contient une calomnie dont le venin subtil a passé dans la bouche de ces orateurs, qui, depuis huit ans, nous assomment avec la répétition de cette odieuse supposition. Les royalistes son accusés de vouloir faire rétrograder le temps pour rétablir toutes les anciennes institutions. Examinons avec ce calme qu'inspire la pureté des intentions et des sentimens, leur but au commencement de nos troubles civils et leurs vœux depuis le rétablissement de la monarchie. Les plus courageux efforts et les plus généreux sacrifices pour

le maintien de la religion et de l'antique constitution du royaume, attesteront à la postérité
leurs intentions jusqu'au moment où les autels
et le trône furent précipités dans l'abîme de la
révolution. Convaincus que toutes les puissances
de l'enfer et leurs impitoyables instrumens sur
la terre ne prévaudraient jamais contre l'église
de Jésus-Christ, et que les autels seraient relevés
avec un nouvel éclat, leurs vœux se bornaient
à voir leur patrie gouvernée par ces lois sévères
et justes qui protégent l'innocence en punissant
le crime. Ils n'ont point encore été exaucés et
ils sont affligés d'être forcés de convenir que les
lois françaises ressemblent à celles d'Athènes,
comparées par Anacharsis à ces toiles d'araignée
qui, arrêtent les petites mouches, mais qui sont
traversées avec mépris par les grosses.

Un dévouement dont l'histoire offre peu d'exemple, était un titre bien puissant pour obtenir
des indemnités d'une nation qui s'est toujours
distinguée par la noblesse de ses procédés ; la
situation de ceux qui s'y étaient abandonnés
sans en calculer les dangers, était bien faite pour
inspirer le plus vif intérêt à ces français qui ne
confondaient point des sacrifices honorables et
volontaires avec les effets désastrueux et iné-
vitables d'une révolution; cependant on n'a jamais
vu les émigrés importuner en masse ou partiel-

lement le gouvernement. ils ont laissé au temps
le soin de le convaincre de cet acte de justice
et de lui rappeler avec quel empressement on
compta aux bannis du royaume à leur retour,
les arrérages de leurs traitemens et de leur pen-
sions accumulés pendant leur abscence.

En reprenant le rapport du ministre que joublierai pour me livrer à des réflexions plus justes
que les siennes , je ne m'arrêterai point sur ses
insigniliantes observations lorsqu'il passe en revue
l'opinion publique des départemens. On s'attend
bien que la Vendée offre un grand aliment à
sa perfidie. Je veux le laisser parler pour faire
mieux remarquer dans son langage, celui de son
successeur et de tous leurs élèves dans les chambres. « Depuis vingt-ans, soit erreur, soit passion,
» les Vendéens confondent la cause de l'ancien
» régime avec la cause royale. Un zèle impru-
» dent regarderait peut-être comme un avantage
» de pouvoir compter sur cette population armée,
» sur ces paysans crédules , simples et ignorants
» qui obéissent à leurs chefs avec la plus aveugle
» soumission. Cette erreur doit fixer l'attention
» de V. M. ; l'emploi de ces soldats , l'appui de
» cette armée , perdrait sans retour la royauté ,
» parce qu'on y verrait le projet évident de
» placer la contre-révolution sur le trône. »
Les Vendéens se battaient pour leur Dieu et

pour leur Roi, et dans leurs sentimens, ils n'ont jamais rien confondu. Celui qui fesait cette impertinente réflexion le savait aussi bien que moi, mais il voulait rendre suspects, pour les tenir éloignés du trône, les hommes purs, sans taches et sans reproches dont on se serait servi pour comprimer les factieux et ne laisser de la révolution que le souvenir. Lorsqu'il tournait en ridicule ou en dérision la simplicité des mœurs de ces loyaux paysans, leur ignorance sur tout ce qui ne concernait pas leur devoir, leur crédulité sur tout ce qui tenait à la Religion de leurs pères, à leur amour pour leur Roi, à leur patrie, il n'ignorait pas que les Rois seraient trop heureux s'ils comptaient parmi leurs sujets un grand nombre d'hommes de cette trempe ; mais il fallait persuader que les martyrs de la fidélité perdraient la royauté et que le trône serait dans le plus grand danger lorsque l'honneur veillerait autour du palais.

Après avoir annoncé affirmativement que dans les provinces de l'Est, *une opposition morale au gouvernement de la dynastie régnante y est presque générale*, le ministre ajoute : « Je n'ai présenté » dans mon tableau que les opinions dominantes. » La noblesse et le clergé n'ont de parti nulle » part ; la Vendée est seule exceptée. On est » révolté dans toute la France des excès que

» commettent dans le midi les bandes qui se
» disent royalistes exclusivement. Leur existence
» est un état de rébellion. On a partout en
» horreur le fanatisme, la guerre civile et toute
» opinion contre-révolutionnaire. On trouverait
» à peine un dixième des français qui voulussent
» se rejetter dans l'ancien régime, et un cin-
» quième qui soit franchement dévoué à l'autorité
» légitime. Cela n'empêchera pas que la grande
» majorité ne se soumette sincèrement à V. M.
» en sa qualité de chef de l'état. Cette soumis-
» sion sera durable, elle prendra même avec le
» temps le caractère de l'amour et de la confiance,
» si la France est constamment gouvernée par
» des idées libérales, éminément constitution-
» nelles et entièrement nationales.

C'est dans ce paragraphe qu'un de ces hommes
nés pour être l'opprobre des nations, a trouvé
un outrage à la familile royale, qui a inspiré
une horreur si universelle et une indignation si
profonde, que la plume de l'historien ne pourra
jamais la rendre à la postérité. Le bannissement
de la chambre est une peine si peu proportionnée
à la criminelle insolence du coupable, qu'elle
fera sentir au gouvernement et aux représentans
du peuple français, la nécessité d'une loi pour
faire respecter une famille que l'univers entier
vénère. En attendant qu'elle soit rendue, tous les

habitans honnêtes du royaume espèrent que dans la cession de 1824, la chambre repoussera de son sein celui qui devrait l'être de la société.

On se demande ce que voulait dire ce prétendu homme d'état qui écrivait si mal sa langue, et qui confondait ensemble des institutions qui avaient peu de rapport entre elles; lorsqu'il annonçait que le clergé et la noblesse n'avaient de parti nulle part. Les ministres d'un Dieu de paix, étrangers par la sainteté de leurs fonctions aux affaires temporelles, prèchent sa parole, la soumission à son église, aux rois qui le représentent sur la terre, et aux lois établies dans les royaumes. Loin du tourbillon du monde et de toutes les discussions qui l'agitent, ils recommandent à tous les fidèles la charité, l'indulgence et le pardon des injures. Depuis le jour où le sang des martyrs arrosa les temples du Seigneur, telle a toujours été la conduite édifiante du clergé, qui aurait regardé comme un crime l'idée de former un parti dans l'état.

La noblesse dépouillée de ses droits consacrés par une possession immémoriale, et qui étaient le prix des plus généreuses concessions, trouvait sa consolation dans les sacrifices qu'elle avait faits, et dans les preuves si multipliées de son dévouement. L'honneur et le respect lui imposaient silence, et elle attendait avec la plus courageuse

résignation le jour de la justice. Si elle avait eu
l'intention de troubler l'état, l'énergie dont elle a
donné des preuves si éclatantes, et le caractère
qu'elle a déployé dans son exil, lui en auraient
fourni les moyens. Un libéral déhonté pouvait
seul attribuer à son impuissance la religieuse observation de son premier devoir. Il prévoyait bien
en écrivant ces insolentes réflexions qu'elles n'ins-
pireraient que le mépris, mais elles devaient servir
de prélude à l'assurance qu'il donnait au Roi que,
dans toute la France, on a en horreur le fanatisme, la guerre civile et toute opinion contre-
révolutionnaire. C'était, en d'autres termes, annoncer que ces hommes modestes, revêtus d'un
caractère sacré, et qui sont l'exemple et l'édifi-
cation du royaume, sont des fanatiques, les
nobles des factieux et tout ce qui n'est pas de son
opinion et de celle de ses adhérens, des pertur-
bateurs du repos public. Il en conclud, pour
l'instruction de son parti et la tranquillité de son
maître, qu'on trouverait à peine un dixième de
français qui desire le retour de l'ancien régime, et
un cinquième dévoué à l'autorité légitime. Cette
ouverture confidentielle n'a pas été perdue. Toute
l'Europe sait quel parti l'homme aux répugnances
en a tiré, en délayant dans ses longs discours
toutes les idées libérales, constitutionnelles et
révolutionnaires proposées au Roi par le célèbre

professeur de Nantes. Dans l'entraînement de son abandon il ajoute : « Il y aurait des élémens » pour former une armée royale, mais combien » durerait cette résistance, et même la fidélité » de l'armée sur laquelle on aurait le plus » compté ? »

Avec quel édifiant respect pour cet apôtre du libéralisme tous ses disciples n'ont-ils pas tenu le même langage ? Leur confiance dans sa sublime manière de voir et de juger les événemens, les avait tellement électrisés que, lorsque les troupes autrichiennes s'avançaient pour châtier les rebelles du Piémont et de Naples, ils annonçaient que les Apennins s'écrouleraient pour les engloutir, et que le Po les ensevelirait dans ses ondes venge-resses. Paralysés par l'éclat des armes des soldats fidèles, les factieux se cachèrent avec la même vitesse que les reptiles vénimeux épouvantés après un orage par les rayons du soleil. Ce premier démenti donné à la préscience de l'oracle ne diminua pas la vénération qu'il avait inspirée, et ses disciples se consolèrent en disant que ces sol-dats, si pronés par leur dévouement à leur sou-verain, n'étaient que des machines aux ordres des despotes. Persuadés que l'armée française n'obéirait pas avec la même docilité, ils atten-daient impatiamment qu'elle fût mise à la même épreuve. Le temps se hâta de seconder leurs desirs, et ces troupes, sur lesquelles reposaient toutes leurs espérances, furent conduites dans les champs de la gloire. L'armée franchit les barrières qui la séparent de l'Espagne, et le soldat prend sur le territoire étranger cette attitude noble et fière que donnent la valeur et la fidélité. Il marche d'un pas assuré et cherche envain cet ennemi si redoutable et si menaçant lorsqu'il était loin de lui ; il a fui à son approche, et sa bravoure est enchaînée par la lâcheté des parjures et des traîtres à leur Roi. Son langage, son amour pour son souverain, sa soumission aux lois les plus sévères de la discipline, ont répondu à ce soupçon odieux présenté avec la plus astucieuse adresse par l'homme le plus exercé dans l'art de la déception, renouvellé par son successeur, et qui a si souvent retenti sous les voûtes des palais. Ainsi le ciel permet qu'un acte de religion ou de fidélité anéantisse l'œuvre des ténèbres. Le cri magique s'est fait entendre dans les retraites mystérieuses; la consternation, l'épouvante et la terreur ont remplacé cette séditieuse confiance qui bravait l'impuissance des lois. (1)

---

(1) En citant ce loyal abandon qui forme un des traits caractéristiques du soldat français, on est peiné de ne pas trouver ce généreux sentiment dans tous les individus qui composent l'armée. Des bruits, répétés par les échos de l'opinion, annoncent qu'on a éloigné, avec intention, des postes où ils pouvaient déployer leurs

Qu'il est consolant pour un français d'apper=
cevoir les sentimens qui animaient ses ayeux ;
son esprit répond mieux que toutes les réfutations
à ce passage du rapport, où il est écrit avec la
plus insidieuse affectation. « Que n'ayant eu à sa
» tête et pour général que le chef belliqueux de
» l'état, elle ne pourra de long-temps oublier
» ses anciens drapeaux. » Ceux qui, jusqu'à ce
jour, ont pris pour guide de leur croyance ce
ridicule imposteur, croient-ils encore qu'ils ne
sont pas oubliés, ces drapeaux de l'usurpation ?
S'is en doutent ; je leur dirai que tous les habitans
de l'Europe, sans autre exception qu'une poignée

---

talens, les généraux d'une fidélité éprouvée, et qu'on a saisi l'occasion de les dégoûter en les contrariant dans leurs opérations. On
a aussi remarqué une étrange contradiction entre le rapport officiel
de la prise du Trocadero, et les lettres des officiers qui en ont
partagé la gloire. Dans le rapport, les canonniers espagnols se
sont fait hacher sur leurs batteries ; les lettres disent, positive-
ment, qu'ils ont été surpris, enveloppés et massacrés En essayant
de rendre intéressante la mort de ces fanatiques, on insinuait que
nos soldats avaient commis un acte de barbarie. Ils avaient été
insultés pendant qu'ils travaillaient à la tranchée. Les outrages se
pardonnent difficilement lorsqu'on a les armes à la main, et ils ont
immolé à leur vengeance des hommes féroces et ennemis de tous
ces procédés qui ennoblissent la profession des armes. La vérité
ne souffrira plus qu'on dénature les faits : c'est-elle qui met dans
les cent bouches de la renommée la conduite de ce loyal maréchal
qui, par sa vigilance, sa fermeté, sa prévoyance, a sauvé la
France, et qui impose silence à ses détracteurs. *

* Cette note était écrite avant que M. le duc de Bellune ne fut forcé à donner sa démission.

d'êtres incorrigibles , ne conservent le souvenir
de tant de succès achetés par des sacrifices qui
révoltent l'humanité, et de tant de revers igno-
minieux, qui déshonorent celui qui les éprouve ,
que pour exécrer sa mémoire.

Le féal chevalier de la philosophie ne rougit
pas de recommander au Roi ses principes , et il
se sert de cette confidence pour donner aux doc-
trinaires une leçon indirecte sur la manière d'en
imposer à la multitude. La phrase est curieuse.
« Il y a des traîneurs dans la marche d'un siècle et
» dans celle de la civilisation; les lumières mêmes
» ont des détracteurs , et quand elles entraînent
» à des changemens trop précipités et trop éten-
» dus, il en naît des résistances et de longues
» agitations. »

Quels sont donc ces traîneurs dangereux, cités
au Roi avec un zèle apostolique , par son ministre
de la police? Ce ne sont pas ces novateurs qui
formèrent le plan d'un bouleversement universel ;
ce ne sont pas ceux qui l'ont mis en exécution en
contemplant avec une stoïque complaisance ses
terribles effets; ce ne sont pas ceux qui n'étant
ni auteurs, ni acteurs dans cette tragédie, applau-
dissaient avec transport aux scènes épouvantables
dont ils étaient les témoins : ce sont ces royalistes
qui ne veulent pas se traîner dans les ornières de
la philosophie, et qui désireraient voir consumés

par le feu , au milieu de toutes les places publiques
du royaume , ces ouvrages dont le moindre effet
est de corrompre l'esprit et le cœur. Ennemis
irréconciliables des agitateurs , sous quelque dé-
nomination qu'ils se montrent, ils sont toujours
disposés à seconder les efforts du gouvernement
pour les mettre dans l'impuissance de nuire. Rien
n'a été négligé dans les calculs et dans les moyens
pour exagérer le nombre des partisans du systême
nouveau. Leurs professeurs ressemblent à ces
chronologistes de mauvaise foi qui , voulant faire
remonter l'origine du monde au-delà de l'époque
fixée par la genèse , formèrent une filiation de
Rois avec les noms des princes qui régnèrent en
même temps. Le gouvernement fédératif favori-
sait cette impie supercherie; le gouvernement
représentatif a fait naître une idée à-peu-près
semblable , mais dont l'application est différente.
Les écrivains libéraux voyant que leur systême
faisait fortune dans les villes , auprès des avocats ,
des avoués , des médecins et des chirurgiens ,
suivirent l'arithmétique du ministère , et déci-
dèrent qu'un homme appartenant à une de ces
quatre classes devait être l'équivalent de dix royalistes dans les classes inférieures. Il est encore
heureux qu'un projet aussi subversif ne soit établi
que sur de pareilles suppositions ; réjouissons-nous

de sa faiblesse, et suivons le rapport où son auteur devient plus ingénu: Ecoutons-le.

« L'autorité a beau gouverner dans le sens
» qu'elle croit dominant, une autre opinion vieut
» l'entraver, et se prétend aussi l'opinion pu-
» blique. On ne régnerait pas long-temps si on
» n'avait pour soi que cette minorité, puisque
» l'appui même de la majorité laisse encore sub-
» sister la plus forte résistance. De la part des uns
» le sacrifice de leurs opinions sera difficile ; de
» la part des autres, il serait impossible. Il ne
» restera qu'à bien choisir, et à bien faire tri-
» ompher la raison et la justice sur de vieilles
» passions et d'anciens préjugés. »

Je ne m'arrêterai pas sur ce galimathias de l'opinion entravée par l'opinion, de la majorité qui laisserait subsister une résistance criminelle, je ferai seulement remarquer la libérale familiarité du ministre qui, en adressant la parole au Roi, lui dit : « On ne régnerait pas long-temps dans » cette position. » L'avertissement est naïf, et on se doute bien qu'il fut con igné dans les ré-gistres du comité directeur. C lui qui le donnait ne l'est pas moins lorsqu'il assure que le sacri-fice de l'opinion des royalistes sera difficile, et des libéraux impossible. Le professeur l'a dit, et les disciples l'ont prouvé. Les vieilles passions et les anciens préjugés dont la raison et la justice doivent triompher , sont la fidélité qui date de l'époque de l'établissement de la monarchie et le respect pour la religion qui prit naissance en France le jour même où Clovis jura sur le saint Evangile de la suivre et de la défendre. Dans la langue révolutionnaire on appelle préjugés religieux ou politiques, toutes ces sages institutions qui remontent à la première race de nos Rois. L'ex-oratorien et tous ceux qui ont suivi sa doctrine n'ont formé leur opinion que sur la lecture de toutes les productions de l'impiété. Quand l'erreur et la mauvaise foi ont emmailloté le bon sens et la raison, toutes les idées sont fausses, et les titres les plus légitimes de propriété sont traités d'usurpation. On sourit de pitié en lisant l'étonnement de l'auteur du rapport de trouver les royalistes en 1816 tels qu'ils étaient en 1789. Il faut donc apprendre encore à ce mécréant que l'honneur n'a point d'âge. Ardent et impétueux dans la jeunesse, calme dans l'âge mûr, consolant compagnon de la vieillesse , il ne finit qu'avec la vie.

Je releverais d'autres observations du même genre et dans le même esprit, si je voulais m'écarter du plan que je me suis proposé. Je supprimerai tout ce qui s'en éloigne et qui ne se remarque pas dans les circonstances où se trouve la France. Voici un paragraphe essentiel, et sur lequel je dois m'arrêter.

« Les constitutionnels sont un parti, dans cette
» acception seulement, qu'ils sont opposés aux
» royalistes, et qu'ils défendent contre eux les
» droits du peuple, tels qu'ils ont été établis pen-
» dant la révolution. Mais tout n'a pas été illu-
» sion ou erreur depuis vingt-cinq ans ; on a
» fait cesser de crians abus et d'odieux privi-
» léges ; consacré de sages principes et opposé
» de sages barrières à un pouvoir qui n'était
» contenu que par lui même.... Ce qu'une ré-
» volution n'aurait pas produit, les seuls progrès
» des lumières l'auraient obtenu, et aujourd'hui
» que la France connaît ses droits, comment les
» faire rétrograder ? Il faudrait pour cela qu'il fut
» au pouvoir de l'homme de détruire ou d'oublier
» ses propres idées, de se faire d'autres vérités et
» de se créer un autre genre d'évidence. »

Le lecteur vient de lire une partie du catéchisme libéral, et, peut-être, la plus caracté-
risée. Dans le début, le propagandiste n'avait pas
prévu que toutes les sectes révolutionnaires se
réuniraient au parti constitutionnel, pour former
la plus fougueuse opposition aux royalistes et au
gouvernement. Les droits du peuple, tels qu'ils
ont été établis pendant la révolution, sont défen-
dus avec un zèle remarquable, et sa souveraineté

aurait déjà été proclamée avec enthousiasme si les circonstances avaient mieux secondé les intentions. En attendant qu'il s'en présente une favorable, ils entrent dans l'esprit du cathéchisme et ils disent que les crimes n'étaient que l'effet des illusions, et qu'il fallait en commettre pour corriger quelques abus introduits par le temps, pour détruire des privilèges qui étaient la récompense des services rendus à la monarchie et à la patrie, pour consacrer des principes révoltans et des lois impies. Ils ne sont cependant pas aujourd'hui très-disposés à croire que le progrès des lumières aurait obtenu le même résultat que la révolution. L'étoile a pâli, elle ne répand dans les comités secrets qu'une lueur prête à s'éteindre et ils s'apperçoivent que des mesures sont prises pour faire rétrograder si loin la révolution qu'on ne la connaîtra que par les désastres qu'elle a occasionnés.

Le ministre abandonne le catéchisme pour discuter les prérogatives de la couronne en publiciste. Son style fatiguant ne me permet pas d'entrer dans les détails de cette discussion où sa stérile imagination se torture pour limiter l'autorité royale et insinuer que la constitution lui accorde de trop grands pouvoirs. Il rentre ensuite dans le cercle des constitutionnels, qu'il s'étudie à rendre redoutables. Il s'attache, sans ménagement

aucun, à prouver au roi et à la famille royale
que son régne ne sera pas de longue durée, que
la France est menacée d'une crise produite par
quelque entreprise de la cour ou par un soulève-
ment du peuple, qu'on parle d'appeler au trône
le duc d'Orléans ou un prince étranger, etc., etc.
Je m'arrête : il est inutile de transcrire toutes les
réflexions qui suivent ces suppositions pour de-
viner son arrière-pensée. Il avait calculé qu'il lui
serait facile d'effrayer une famille qui avait soutenu
avec une résignation et un courage inébranlables
son infortune, mais que ses longs malheurs avaient
rendue timide. Il eut ensuite la jouissance d'entendre dire qu'un nouveau Séjan, formé à son
école, avait mis en actions les principes contenus
dans son rapport au Roi. Plus heureux que lui
dans sa perfidie, par des circonstances que l'é-
crivain qui tiendra la plume de l'histoire dans sa
main, aura seul le droit de faire connaître, il
commença sa grande opération désastreuse par
une réforme dans la maison du Roi, en se rap-
pellant qu'une mesure pareille, imprudemment
adoptée en 1775, avait hâté la chûte du trône.
Il fit rendre ensuite les ordonnances de la suppression de la chambre de 1815, de la loi des
élections, du recrutement et de la destitution de
tous les hommes qui auraient pu le contrarier dans
ses projets. Pour fixer sur lui exclusivement la

confiance dont il était honoré, il s'était habitué, comme tous les intrigans heureux, à déguiser ses pensées et ses sentimens. Les moyens étaient connus; mais l'emploi de la duplicité, du mensonge et de la fausseté demandait une combinaison particulière dans la situation où il se trouvait. Il y parvint, et ennorgueilli de ce triomphe, il ne garda plus de ménagement. Insolent comme un grand-visir, fastueux comme un satrape, l'ambition, la cupidité, la bassesse formaient sa cour dans son hôtel et composaient son escorte lorsqu'il entrait dans le cabinet du Roi. Après la répétition obligée de son dévouement pour son auguste personne et pour sa famille, il rentrait chez lui, où il donnait à ses amis confidentiels l'ordre de ne rien épargner pour faire calomnier dans les journaux étrangers un prince dont il était devenu l'ennemi, parce qu'il l'avait vu d'assez près pour le juger. Ses vertus, sa piété, sa bienfaisance, sa bonté, étaient connues; mais sa sagesse, sa prudente circonspection, et on peut ajouter, la profondeur de ses pensées dans la situation difficile où il se trouvait, ne l'étaient pas. Ces dons heureux de la nature, mis a profit par l'expérience, n'avaient point échappé au ministre et tant de qualités supérieures lui faisaient ombrage. Le ciel, qui scrute le cœur des humains, connaît le vrai motif de sa persévérance pour aliéner l'attachement de la nation, et il permet toujours, malgré toutes les précautions de la perversité, que les iniquités soient dévoilées par des circonstances qu'il était impossible de prévoir. Attendons avec confiance qu'il nous donne un nouvel exemple de sa justice, et suivons dans sa carrière cet homme qui se croyait destiné à tout.

Ennivré par les caprices de la fortune, comblé de faveurs et d'honneurs, il se voyait si éloigné du point d'où il était parti, qu'il se persuadait que son berceau avait été placé sur les premières marches du trône. Distributeur des grâces, il les répandait, comme le favori d'Assuérus, sur ceux qui pliaient le genou devant lui. L'établissement des jeux publics, et un impôt plus immoral sur les femmes publiques, lui fournissaient des moyens de satisfaire leur basse cupidité et de soutenir le luxe asiatique de sa maison.

Tout se faisait au nom du peuple français. La crainte d'exciter son mécontentement faisait prolonger les abus, commettre les injustices et regarder l'immoralité comme un mal nécessaire. On remarquera que lorsqu'on se servait de son nom d'une manière aussi outrageante pour son caractère, il était comme le peuple espagnol, dans ces derniers temps, si fatigué d'agitations, de secousses et d'orages politiques, qu'il avait en horreur les auteurs de ses maux. Jusques à quand les nations souffriront-elles que quelques obscurs intrigans, sans autres titres que leur audace, les avilissent en attirant sur elles tous les fléaux, et ne se réuniront-elles pas pour demander aux souverains chargés de veiller à leur tranquillité, une loi européenne pour punir d'un supplice nouveau et proportionné à l'énormité du crime, tant de forfaits.

Les réflexions inséparables du sujet que je traite, semblent m'en éloigner un instant pour m'y ramener avec plus d'intérêt. Je lis dans le rapport ces phrases prophétiques. « Les actes du » gouvernement seront attaqués de nouveau; ils » le sont déjà, et ce contrôle, sous le rapport » des principes, passe pour un droit, et même » pour un devoir, quand il est exempt de mau- » vaises intentions. Les doctrines politiques sont » aujourd'hui si généralement répandues en » France, que le peuple croit pouvoir en être » juge. Une demi-liberté, des concessions par- » tielles, paraîtraient aussi insuportables que le » pouvoir absolu; elles exciteraient les mêmes » commotions. »

Ce paragraphe dit assez qu'elle était l'opinion du ministre sur un gouvernement qui devait laisser attaquer les actes émanés de l'autorité, et ne voir dans ce contrôle qu'un droit ou un devoir. Les réflexions mesurées et respectueuses sont très-permises dans le gouvernement représentatif; mais lorsque la décence les désavoue, elles ne conviennent ni au respect dû au chef suprême de l'état, ni à la dignité des chambres.

Le peuple, mis encore en scène, est devenu si savant en politique, que c'est à son tribunal que doivent se juger toutes les doctrines nouvelles qui le composent. Une liberté sage et limitée par les lois ne lui convient pas; il veut l'étendre jusqu'à la licence. En d'autres termes, il veut sa part de la souveraineté et une transaction sur ses droits lui paraîtrait aussi insupportable que le pouvoir absolu. J'ai peint la masse du peuple telle qu'elle est, et si la vigilance du gouvernement n'avait pas contenu sa trop juste indignation contre ces imposteurs empiriques qui depuis huit ans calomnient tous les jours ses sentimens et ses intentions, il en aurait fait une justice si sévère, que la France ne rougirait plus de leurs discours et de leurs écrits.

Une dissertation, où aucune idée n'est exacte, sur les partis qui divisent le royaume, est à la suite de ces réflexions; elle est le prélude d'un tableau chargé des plus sombres couleurs. Deux grandes factions divisent l'état; l'une défend les principes, l'autre marche dans un sens inverse. Vous croyez peut-être que ces principes défendns avec autant de persévérance que de chaleur sont les principes religieux et monarchiques ; vous vous trompez : ce sont ceux qui tendent à détruire la religion et la monarchie. Vous êtes étonné ! Attendez, et vous le serez davantage lorsque vous saurez que ces sentimens nobles et généreux qui dans tous les temps ont été l'appui et l'honneur des gouvernemens monarchiques, doivent être compris au rang des factions. On recule devant l'audacieuse présomption d'un homme qui fait à la France entière et en face de l'Europe indignée, une supposition pareille. L'usurpateur, qu'il avait fidèlement servi, ne l'avait certainement pas habitué à ce ton qui fait oublier le respect, en blessant toutes les convenances. Quel avait donc été son instigateur ? Celui dont l'influence lui fit confier le porte-feuille du ministère de la police. C'est dans ses confidences intimes qu'il apprit à braver la puissance, le crédit, l'indignation et le mépris. Ce secret, confié à propos, fit prendre une attitude et un ton menaçant à des hommes qui, à la fin de mars 1814, craignaient même de se montrer au grand jour. Si cette influence a été aussi étendue qu'elle pouvait l'être, espérons qu'un moyen qui n'est pas un secret, sera employé pour le détruire ; un acte d'autorité soutenu avec fermeté, produira le même effet que les troupes de la Sainte-Alliance.

Dans ce compte rendu au Roi sur la situation

de son royaume, les contradictions ne sont pas moins remarquables que les erreurs. En parlant de l'ancien gouvernement il est dit : « Il y avait » un code invariable de modération, de douceur, » d'équité et d'urbanité ; aucune passion n'était » déchaînée ; chacun était façonné à sa situation » et on la supportait sans regret . . . . » Dira-t-on que la France n'était pas heureuse ? » Il restera alors à expliquer comment la révo- » lution s'est préparée pendant ce temps de » bonheur. »

Cette dernière réflexion est le complément de la mauvaise foi. Qui mieux que lui pouvait donner des détails sur cette coalition impie qui avait préparé une révolution dont il avait été ensuite un des principaux agens. Son intention ne pouvait pas être de faire connaître les mys- tères de ses iniquités, mais de jeter un voile sur ses désastreux résultats. L'image d'un bonheur que la providence seule peut rendre à notre patrie, servait à merveille sa plume insidieuse pour en présenter une moins consolante ; il ne veut rien taire à son Roi, et il lui dit en confi- dence que ses états ne sont pas dans le moment menacés d'aucun trouble civil, mais que « nos » dangers provenant de notre situation, on peut » prévoir une conspiration d'un succès infaillible, » ce serait celle d'un ministère ou d'un parti de

» la cour, qui par l'erreur la plus grossière ou
» par un aveugle dévouement conseillerait ou
» favoriserait un plan de révolution. Tout plan
» de cette nature renverserait de nouveau le trône
» avec fracas, et détruirait peut-être jusqu'à notre
» dernière espérance, le trône de nos rois »

L'apôtre du jacobisne se trouvant inspiré dans un sens opposé à ses intentions; prévoyait qu'un jour des ministres travailleraient ouvertement à détruire le gouvernement, et à faire périr jusqu'au dernier rejeton de l'illustre famille qui règne sur la France. Les preuves indubitables de ce projet, écrites dans tous les actes de cette administration, me dispensent d'en dire davantage. Plus naturel en parlant de l'homme à qui il devait ses honneurs, ses titres, ses richesses, il le traite avec un peu de sévérité. Il jette un coup d'œil sur sa manière de gouverner, et il ajoute, avec complaisance, que « On n'avait rien à craindre, sous » son règne, ni du clergé, ni des nobles, ni des » émigrés. » Je ne cite cette observation que pour faire remarquer que ni lui, ni ses successeurs n'ont jamais laissé échapper une occasion de rendre suspects ce que la vertu a de plus respectable, l'honneur de plus caractérisé et la fidélité de plus exemplaire. Reprenant ensuite le ton prophétique que le temps ne s'est pas empressé de ratifier il, il annonce « que tout est anéanti,

» la fortune publique , les fortunes privées , et
» que, dépouillé de tout, le français , sans res-
» source, sera comme un malheureux qui sort
» du naufrage. »

Je conçois qu'un homme qui n'avait aucun
principe de religion , ne s'apercevait pas qu'à
cette époque , le ciel désarmé avait donné à la
France un gage rassurant de ses intentions, en
lui rendant cette famille qui portait avec elle la
destinée de l'Europe. Cette observation ne pouvait entrer dans la pensée que d'un homme ac-
coutumé à rapporter tout à la providence et qui
est convaincu que le seul moyen de prévoir ou
d'expliquer les événemens qui nous étonnent est
de suivre , en l'adorant , cette main invisible qui
opère tous les jours de nouveaux miracles pour
le salut de la France et la tranquillité du monde.
Si cet homme, qui lisait aussi mal dans l'avenir,
revenait sur la terre , que penserait-il du tableau
que notre patrie offre à l'observateur impartial.
Je vais entrer dans des détails pour confondre
ces penseurs profonds qui ne soulevaient devant
nous le voile de l'avenir que pour la montrer
accablée sous le poids de ses maux.

Après une longue et désastreuse révolution dont
les effets sont trop connus pour les rappeler ; aprés
deux invasions non moins fâcheuses ; des circonstances impérieuses imposent à la France de grands

sacrifices. Elle s'y soumet, et cinq ans lui sont accordés pour faire honneur à ses engagemens. Son territoire est évacué, et ses habitans se livrent à leurs anciennes habitudes. Je ne comprends pas dans le nombre de ses habitans, ces esprits inquiets et turbulens qui n'ont point de patrie. En contemplant l'impuissance de leurs efforts, nous avons eu la consolation de voir que cette dette qui devait être acquittée au bout de cinq ans, l'a été à la fin de la troisième année. Cet empressement à prévenir les époques fixées par le dernier traité a produit en Europe tout l'effet qu'on devait en attendre. Elle ne sait aujourdhui ce qu'elle doit le plus admirer, ou sa loyauté, ou ses ressources. Cette situation ne ressemble guères aux pronostics du ministre qui répétait au Roi que sa fatalité l'avait ramené en France pour gouverner un peuple mécontent et continuellement agité. Il ne traite pas mieux les autres peuples de l'Europe, et il prononce qu'il n'y a plus ni famille, ni patrie, ni lois dans ce monde nouveau, et la civilisation sera suspendue. J'oublie les écarts de son imagination, pour transcrire un passage où la grande pensée qui l'occupait, et qui en a occupé d'autres après lui, se trouvait toute entière. Le compliment d'usage à S. M. le précède et il s'écrie :

« Les destinées de la France ne sont pas dans » ses seules mains. De fatales préventions se sont

» établies ; on a fait craindre à un peuple défiant,
» les règnes qui suivront celui de V. M. On se
» demande si on sera toujours gouverné avec la
» même modération ; si l'on opposera toujours
» une barrière inviolable aux prétentions nobi-
» liaires et au retour de l'ancien régime ; si les
» principes religieux s'uniront toujours à la même
» tolérance ; si la fermeté sera toujours tempérée
» par l'indulgence et la bonté. Un instinct naturel
» porte tous les peuples à prévoir les biens et
» les maux qui les attendent, et, dans leur in-
» quiétude, ils comparent toujours les risques
» présents avec les risques qui les suivront. J'en
» fais la remarque parce que cette circonstance
» a une influence inévitable sur les dispositions
» des esprits, et que, dans certaines occasions,
» elle rend le gouvernement plus facile, dans
» d'autres, elle lui crée des obstacles et même elle
» l'empêche de s'affermir. »

Notre siècle a vu naître un genre de perversité dont la définition exacte échappe à la richesse et à l'énergie de notre langue. Dans un écrit, adressé à son roi et livré au public, un ministre jette de loin, avec adresse, un soupçon odieux sur les intentions futures de l'héritier présomptif de la couronne, et sur sa famille. Il est inquiet, alarmé sur la manière de gouverner de ses successeurs; il suppose au peuple un sentiment de défiance qu'il n'eut jamais ; il interroge le chef de l'état ; il veut savoir si cet échafaudage révolutionnaire ou philosophique , établi sur les grands mots de modération, de tolérance , d'ancien régime, de prétentions nobiliaires , ne sera pas détruit par des circonstances qu'il ne peut pas envisager sans effroi. Le présent le tourmente ; l'avenir ne le rassure point. Il fait des vœux pour la solidité du trône , et il propose de l'établir sur les bâses déterminées par les législateurs de la secte. Toutes les pensées renfermées dans cet article ont été profondément gravées dans le cœur des affiliés et les expressions se sont communément trouvées sur leurs lèvres. L'aveuglement est grand : les vœux ont été repoussés, eh ! qui sait si le malheureux qui les formait n'a pas succombé sous le poids des remords. Arrêtons-nous à cette affligeante pensée et reprenons le rapport.

Son coup d'œil sur le royaume ne le cède en rien à tout ce qui précède. Il se fait à lui-même plusieurs questions qu'il résout avec sa sagacité philosophique ordinaire et il termine en disant avec complaisance que la liberté et l'égalité ont jeté de profondes racines dans les cœurs. Robespierre , Danton et Marat le disaient avant lui. Les héritiers de sa doctrine osent encore le dire aujourd'hui et il en conclud que la liberté et l'égalité doivent subsister. La noblesse et le clergé ont été

frappés par la révolution ; ils ne peuvent ressus-
citer qu'en occasionnant des troubles. Pour ne pas
laisser mentir la conséquence , nous avons vu avec
quelle chaleur on a voulu empêcher qu'on rende
à la religion la dignité, et à ses ministres la
considération qui doivent les accompagner. Des
essais ont été répétés sans succès, pour intimider
dans ses saintes fonctions le clergé.

C'est envain que le Roi, dans un des premiers
articles de sa charte. a dit que la noblesse était
rétablie , M. Fouché n'en veut point, et son anathême frappe même l'opinion publique. Dans le
cours de nos fureurs démagogiques l'opinion gardait un profond silence ; mais l'histoire de tous les
peuples nous a démontré qu'elle se déchaine avec
plus de force lorsqu'elle a été long-temps compri-
mée. Elle souffre quelques instans le mépris pour
terrasser avec plus de sûreté celui qui la brave.
Elle a été dans tous les temps , et elle sera toujours le vengeur de la probité et de la vertu. Celui
qui se croyait trop élevé et trop puissant pour
être atteint par ses traits, a été abbattu à ses
pieds et le Saint-Esprit étonné de se trouver
placé sur le cœur d'un présomptueux parvenu ,
l'a livré aux coups qu'elle lui portait. Aveuglé
par l'ambition, l'homme qui en est dévoré se
persuade qu'il réunit tout les talens pour occuper les hautes places auxquelles il aspire. Il par-

vient à un posté éminent ; la flaterie, l'adulation
l'endorment et il se croit en administration le
premier des hommes de son siècle. Il sourit de
pitié aux murmures de l'opinion qui se font entendre
de loin. Le bruit augmente ; il s'en éloigne : l'o-
pinion le poursuit, elle élève sa voix : ses cris
l'irritent. Il s'agite, il menace, il tombe. Tel
est le sort de la médiocrité présomptueuse et des
réputations usurpées.

Ces réflexions sur l'influence de l'opinion devaient entrer dans le sujet qui occupe ma plume
et loin d'y être étrangères, elles m'y ramènent
pour prouver combien était sombre la lunette
politique du charlatan qui en est l'objet. Elle
annonce « une misère générale, la destruction de
» nos finances, la nécessité de réduire les dé-
» penses, en ôtant la subsistance à des millions
» de familles. » La citation de ce paragraphe est
plus éloquente que tout ce qu'on pourrait dire.
Son auteur ne se pique pas de mettre de la suite
dans ses pensées, et de la misère publique il passe
aux fonctionnaires dont il veut faire une lanterne
magique en les plaçant et en les déplaçant continuellement. Il ne donne d'autres motifs de ces
mouvemens extraordinaires que la difficulté de
trouver « des fonctionnaires propres à la disposi-
» tion des esprits. » Il faut que le lecteur se con-
tente de ce galimathias démagogique, je ne peux

lui en donner d'autre explication que l'exemple qui a été suivi. Il est plus clair lorsqu'il donne une définition exacte de l'immoralité en disant qu'elle est « un funeste fléau qui détruit les na-
» tions, qui vicie les esprits comme les cœurs,
» et qui dénature l'esprit public. » Ses amis lui auraient-ils pardonné d'avoir emprunté à la religion et à la vérité cette peinture des effets de l'immoralité, s'ils n'avaient pas été convaincus que ses principes et ses mœurs désavouaient ce que sa main avait écrit? Ils sont plus satisfaits de de ce qui suit, lorsqu'il prévient généreusement l'autorité royale qu'elle aura « à combattre d'un
» côté un parti nombreux et redoutable qui ne
» lui laissera aucun repos aussi long-temps qu'il
» aura des craintes pour la liberté publique et
» pour lui-même; d'un autre côté les prétentions
» d'un autre parti qu'aucune concession ne pour-
» rait satisfaire, qui s'attache à la royauté, mais
» pour en partager la puissance, et qui sappe,
» ébranle le trône par cela seul qu'il le prend
» pour son appui. »

Toutes ces pensées délayées dans des réflexions de circonstances ont reparu mille et mille fois depuis 1815. Fouché l'avait dit, et le temps a prouvé qu'il existe encore un parti déterminé à tourmenter le gouvernement légitime; mais il a menti effrontément lorsqu'il ajoute qu'il était re-

doutable et nombreux. Il est si faible que si l'autorité royale avait voulu faire le plus simple usage
de sa puissance, Il serait depuis long-temps a-
néanti et l'Espagne heureuse et tranquille n'eut
pas éprouvé cette épouvantable révolution qui
la divise en l'accablant (1).

Si je pouvais interroger la cendre de ce misérable aventurier, je lui demanderais quel est ce
second parti qu'aucune concession ne peut satisfaire, etc. ; ce ne sont certainement ni les nobles,
ni les émigrés. Depuis le retour du Roi ils ont
réclamé ce que la charte leur avait offert, mais
ils n'ont fait aucune démarche pour obtenir une
concession de quelque nature qu'elle soit. Sont-
ce eux qui, après avoir servi la cause royale
avec le plus loyal désintéressement, ne s'attachent
à la royauté que pour en partager la puissance,
ou bien certains personnages qui sont parvenüs
à persuader que ce qu'ils appèlent leur fidélité
devait être payé au poids de l'or ? Sont-ce ces
mêmes français, dont le dévouement sera un titre
de gloire pour leurs descendans, qui sappent et
ébranlent le trône qui leur sert d'appui, ou ceux
qui, tous les jours, font des vœux impuissans pour
en voir descendre la famille auguste qui l'occupe.

---

(1) Cet ouvrage était écrit, lorsque nos armes victorieuses ont
anéanti les derniers efforts des ennemis des rois.

Ce membre du conseil du Roi qui s'est permis, en adressant la parole à **S. M.**, de prendre un ton si extraordinaire, se transforme tout-à-coup en homme d'état pour lui donner une leçon sur la manière de gouverner. L'armée occupe toute sa pensée; mais il la veut peu nombreuse, afin qu'il soit plus facile de lui donner un bon esprit. « Si le gouvernement, dit-il au Roi, adopte en » toutes choses de sages principes, on n'aura » besoin que d'une petite armée. » En réfléchissant sur l'impérieuse nécessité de mettre la France en harmonie avec toutes les puissances de l'Europe qui entretiennent de nombreuses armées, on croit trouver la science de l'homme d'état en défaut; mais le talent du ministre de la révolution ne l'est pas. Une nombreuse armée, plus difficile à séduire, exige un plus grand nombre d'agens corrupteurs et rend plus difficile à garder le secret des conspirations.

Il fait ensuite son compliment au Roi sur la réduction de sa maison militaire, et il est persuadé que cette mesure a prévenu beaucoup de difficultés. Je me sers de ses propres expressions pour mieux faire connaître son intention. Il savait très-bien que la splendeur du trône d'un roi de France demande que sa maison soit nombreuse et brillante, et que son entretien n'occasionne que des dépenses médiocres lorsqu'elles sont comparées aux ressources de l'état. Mais il savait encore mieux que deux mille quatre cents hommes d'élite et sortis des familles les plus attachées à la monarchie, formeraient une enceinte impénétrable. En félicitant le Roi sur la suppression des compagnies rouges et d'une partie des gardes-du-corps, il félicitait tacitement les amis de la révolution sur l'espérance qui leur restait de pouvoir profiter de la première occasion pour renverser une seconde fois le trône.

Les Suisses ne lui faisaient pas moins d'ombrage et il assurait que le peuple les voyait avec peine au service de la France. Il est sur que cette portion avilie de la nation, qui se sert de tous les moyens pour perpétuer les désordres, devait prendre en aversion un peuple allié depuis plusieurs siècles, et qui s'est autant distingué par sa fidélité à remplir ses engagemens que par son attachement à la maison régnante. Il avait prévu que cette opinion serait reproduite dans les discours et dans les écrits qui devaient sortir des bouches et des presses révolutionnaires.

La fidélité des Suisses a rappelé celle plus remarquable encore des Vendéens. Ils ont, s'écrie le ministre, « des principes inconciliables avec » le repos de la France, une doctrine invétérée » de pouvoir absolu, de spoliation de biens » nationaux et de rétablissement de l'ancien

» régime. » Si cette calomnie, qui aurait du être détruite par la main du bourreau, avait été oubliée dans le mémoire où elle a été consignée, elle ne m'inspirerait qu'une méprisante indignation, mais elle a été colportée par les aboyeurs du parti, jusque dans les lieux les plus obscurs. La Vendée, cette contrée où se ranimèrent les sentimens presque éteints de l'amour de Dieu, du Roi et de la patrie ; ce coin du royaume devenu, pour ainsi dire, plus célèbre par la haine qu'il inspirait aux ennemis de la religion et de l'ordre social que par ses prodiges de valeur et de dévouement, a été accusé d'être guidé par son attachement au pouvoir absolu qu'il n'a jamais connu. Aurait-il fait tant de miracles s'il n'avait pas été dirigé par les sentimens qui l'animaient ? L'honneur conservera le souvenir de sa gloire dans cette lutte contre les assassins de son roi, et la honte couvrira celui de son triomphe. Ce mémoire adressé au Roi par un homme qui déshonorait la place qu'il occupait dans son conseil, n'en est pas moins un tissu d'impostures. Les Vendéens n'ont eu qu'un motif pour prendre les armes ; il est connu, et ils attendent en silence le prix de tous leurs sacrifices. Dieu et le Roi, voilà leur devise : respect, soumission, dévouement, voilà leur règle. Ils savent ce que toute la France sait, que la confiscation des biens fut le crime de quelques brigands au profit d'un grand nombre d'hommes sans délicatesse avec lesquels ils partagèrent sans doute les bénéfices. Mais ils n'ignorent pas que cette injustice révoltante est devenu une grande question d'état qui ne peut être décidée que par la générosité de la nation. La difficulté de la réparation de cette œuvre d'iniquité est démontrée ; mais la sagesse et la résignation de toutes les victimes n'arrêtent pas le mouvement d'indignation lorsqu'on voit que le mot *spoliation* est employé pour exprimer la restitution. L'abus des mots n'a jamais été poussé plus loin que par les apologistes de toutes les injustices et les détracteurs de toutes les vertus. Le sang d'un martyr n'était qu'un sang impur ; cinquante ans de probité, d'honneur et de services rendus à la patrie, n'étaient qu'une longue série d'hypocrisie et d'ambition; la confiscation n'était qu'un moyen ingénieux et simple pour niveler les conditions. Le rétablissement de la monarchie frappa de terreur tous ces êtres, qu'il était si facile de réduire au silence. Les premiers actes du gouvernement commencèrent à faire naître l'espérance, ils sondèrent les dispositions, ils furent rassurés et leur confiance augmentant, ils se sont crû et ils se croient encore redoutables. Mais avant de se mettre au-dessus de toutes les convenances, ils ont eu la précaution d'arracher l'imprudente promesse qu'il n'y aurait contre eux ni confiscation, ni exil. Je me serais borné avec tous les français qui pensent comme moi, de gémir sur cette circonstance, et je ne l'aurais pas citée dans un écrit qui doit être livré au public, si je n'avais pas voulu faire sentir combien elle a été outrageante pour les défenseurs du trône. Elle fera, dans l'histoire, le pendant de cet acte d'amnistie pour laver du crime du plus généreux dévouement les français qui suivirent le Roi dans son exil, le 20 mars 1815. Eloignons ce souvenir si pénible et reprenons les leçons du ministre.

Il veut que le monarque prenne une résolution ferme et inébranlable, en lui représentant « que » l'opinion publique est entrée comme élément » dans l'art de gouverner, et qu'elle a changé » toutes les combinaisons. » On reconnaît dans l'obscurité qui couvre ces phrases, le style du jour et un homme de bon sens doit être surpris que tant de gens qui sont remplis de prétentions à l'esprit, aient pris un aussi mauvais modèle. Lorsqu'on entend par l'opinion publique celle de la grande majorité de la nation, il est certain qu'elle doit être consultée dans toutes les opéra- tions importantes du gouvernement ; mais ici, à la honte de celui qui, le premier, a avancé cette imposture et de tous ceux qui l'ont prônée, ce qu'il appèle l'opinion publique n'est que celle d'une faction dont les sentimens, les principes et les vœux sont entièrement opposés à ceux de la majorité de la nation. Contenue, favorisée par les infidèles dépositaires de l'autorité, elle avait non-seulement changé, mais détruit toutes les sages combinaisons sur lesquelles reposait le bonheur du peuple. Le régime constitutionnel qu'il invoque n'est autre chose que le régime révolutionnaire, où le Roi n'est regardé que comme un fonctionnaire public aux gages de la nation, où l'on donne une grande liberté au peuple pour qu'il ne soit pas tenté de la prendre. Je rends littéralement les pensées, en supprimant les expressions boursoufflées qui fatigueraient le lecteur. Il consent que le Roi soit entouré de puissance et de majesté, pourvu que le cortége soit national et non royal. Qu'on le suive dans tous ses paragraphes fondamentaux, on le trouvera conséquent dans ses principes. Son inquiétude sur la formation de la chambre de 1815 se manifeste, et ce sentiment exprimé au Roi prouve qu'instruit de l'esprit qui régnait dans les départemens, il prévoyait que la grande majorité des élections serait royaliste. Il pense, et l'aveu est remarquable, qu'il ne restera aucun moyen de salut si les principes religieux et monarchiques y dominent. Cette prévoyante sagacité fut sans doute le motif que son successeur mit en avant pour obtenir la dissolution de cette mémorable réunion d'hommes dévoués à leur patrie.

Il a l'air d'approuver les premiers actes d'autorité après les cent jours, pour avoir l'occasion de représenter que « le parti constitutionnel craint » d'y voir la couleur de tout le régne du Roi. » Heureuse eut été la France si cette sévérité, que la religion, la politique, la sûreté du trône, la tranquillité d'un royaume trop long-temps agité, commandaient impérieusement, avait été le premier principe du gouyernement ! il est facile aujourd'hui de calculer les crimes, les maux et les erreurs qu'elle aurait évités. Le ministre aveuglé par l'esprit qui l'obsède, place ses idées au-dessus de l'être invisible qui fait tout mouvoir dans ce monde, et il voit tous les habitans heureux en suivant son système. Il ne veut, pour opérer ce prodige universel, ni religion, ni morale ; ces mots proscrits ne se trouvent jamais sous sa plume. J'écarte de la mienne ce silence impie et je l'humilie en transcrivant un passage d'un style si extraordinaire qu'on ne devinerait pas ce qu'il signifie si on ne connaissait pas ses intentions. Il a servi plus d'une fois de texte à ses imitateurs.

« En 1814, les hommes qui nous agitent au-» jourd'hui voulaient aussi frapper par le passé,

» en ne songeant ni au présent ni à l'avenir. A
» vous le dire, le passé n'a jamais été d'aucune
» considération pour les grands princes ni pour
» les hommes d'état que pour y puiser des leçons.
» Le présent et l'avenir sont les deux boussoles
» du gouvernement; ce n'est pas de ce qu'on dit,
» mais de ce qu'on fait qu'il faut s'occuper. .... »

Quels étaient ces hommes qui voulaient, avec une imprévoyance criminelle, jetter un voile sur le présent et sur l'avenir pour chercher dans le passé des motifs perpétuels de troubles et de division ? Sont-ce ces français à qui les Charrette, les Stoflet, les Jaquelineau, les Bonchamps, les Larochejaquelin avaient légué les nobles sentimens qui les avaient animés jusqu'à leur dernier soupir et qui seraient peut-être aujourd'hui comblés de graces et de faveurs si, trahissant leur serment, ils avaient servi la république et l'usurpateur ? Le ministre emploie toutes les locutions pour le persuader au Roi, et ne leur pardonne pas d'avoir repris les armes pendant les cent jours avec ce loyal abandon qui caractérisera toujours le royalisme. Ils n'avaient qu'une pensée, tandis que celui qui les a accusés négociait pour se trouver au-dessus de l'événement, quelle que fut l'issue de la campagne de 1815. L'intrigue, savamment conduite par une main habile, lui assurait la place qu'il occupait si Bonaparte triomphait, ou

l'entrée dans le conseil du Roi si la fortune cou-
ronnait les efforts des puissances alliées. La même
chance était réservée au négociateur. Je n'ai
rappelé cette anecdote curieuse et peu connue,
que pour faire connaître à son parti l'homme dont
on a si souvent reproduit les épouvantables
maximes. Ce n'est point cependant par un esprit
de parti que je couvre d'opprobre et de mépris
la tombe de ce protecteur de la philosophie et
de l'incrédulité. C'est avec ses pensées que je le
réfute; c'est avec ses expressions que je l'accable :
tel est l'empire de la vérité. Le monarque éclairé
à qui il s'adressait, savait mieux que lui que les
rois et les hommes d'état ne trouvent dans le
passé que de grandes leçons. S'il avait été un de
ces êtres qui consacrent leurs veilles et leurs talens
au bonheur de leur patrie, il aurait supprimé
cette niaise observation en publiant, pour l'ins—
truction des peuples, que la mémoire des fléaux
des nations, des auteurs des maux qui les ont
affligés et de leurs complices, est en exécration.
Après avoir présenté cet exemple dans l'histoire,
il aurait examiné si les rênes du gouvernement
n'étaient pas trop relâchées et il aurait donné
le conseil de les raccourcir imperceptiblement et
par degrés jusqu'au point fixé par la combinaison
de la sagesse, de la prudence et de la fermeté.
Vigilance et justice, ajoutées à cette combinaison,

forment la vraie boussole du gouvernement. Avec elle le présent n'a rien de fâcheux et l'avenir se montre sous un aspect riant. Elle dirige la marche du vaisseau de l'état de manière à ce qu'on n'est obligé ni de descendre, ni de remonter le torrent; elle l'arrête à volonté et elle fait voir la fausseté de cette image dont s'est servi ce serviteur infidèle, qui n'oubliait rien pour endormir son maître dans la plus funeste sécurité.

L'Angleterre a été plus d'une fois citée dans ce mémoire et présentée comme un modèle à suivre. L'étude de la constitution anglaise et la méditation de toutes les parties qui la composent ont-elles inspiré cet engouement qu'on a remarqué dans les ouvrages de nos écrivains modernes ? Je n'en crois rien ; et sans faire une analyse qui me ferait sortir de ce cercle où je dois me renfermer, je répéterai ce qui a été nombre de fois imprimé, que le caractère, les usages, les mœurs et les habitudes d'un peuple doivent être consultés par son législateur. Je m'adresse maintenant à ces novateurs irréfléchis qui veulent rendre commune à toutes les nations, une constitution qui ne convient qu'à une seule, et je les prie de me dire si le peuple anglais et le peuple français se ressemblent. Les deux nations s'estiment; mais leur caractère, leurs mœurs et leurs habitudes n'ont aucun rapport. Laissons nos voisins bénir le ciel de leur avoir donné une constitution qui les rend heureux, et ne voyons dans cet enthousiasme qu'on affecte pour elle, que l'effet de ce désordre de l'esprit enfanté par une contagion morale. Dans la pensée de celui qui en était fortement atteint, l'Angleterre et son gouvernement n'étaient qu'une adroite transition pour arriver à une sentence révolutionnaire écrite sans déguisement. « Il n'y a à sauver de la révolution » française que les droits et les principes que le » temps a consacrés. » Il n'est pas difficile, dans l'algébre philosophique, de dégager l'inconnu d'une équation ; les droits du peuple sont sa souveraineté et les principes sur lesquels ils sont établis tout ce qui est opposé à la religion et au gouvernement monarchique. Il est pénible, cependant, pour ceux qui comptaient sur l'infaillibilité de l'oracle, de songer que le temps s'est encore montré indocile à sa voix et que loin de consacrer les droits et les principes, il les rend tous les jours plus odieux à toutes les nations jusqu'à ce que sa faulx vengeresse en détruise jusqu'au souvenir.

L'incohérence qui régne dans ce rapport se prolonge jusqu'à la dernière ligne, et voilà ce qu'on appèle aujourd'hui un homme d'état. La phrase qui suit celle qu'on vient de lire n'a aucune liaison avec elle. C'est une leçon nouvelle qu'il

donne au Roi. « Il faut nous mettre en harmonie
» avec toute l'Europe pour avoir le moyen de
» prendre part à tous les avantages de la civili-
» sation générale. Une habile direction de l'édu-
» cation publique atteindra bientôt ce but impor-
» tant ; les mœurs reprendront leur doux empire
» par les mêmes moyens ; l'amour de la patrie
» renaîtra à la première lueur d'une nouvelle
» prospérité. Le besoin de nous unir viendra de
» nos malheurs mêmes et de la nécessité de les
« réparer. C'est à cette union, c'est au bien qu'elle
» produira que nous devrons un nouvel esprit
» public. »

Dans un des accès de son délire philosophique,
l'auteur de tant d'absurdités avait rêvé que la
France, encore dans la barbarie, avait besoin
de ses leçons pour la mettre en harmonie avec
l'Europe. Son amour-propre lui avait persuadé
que tous les souverains, frappés de la sublimité
de son génie, en adopteraient les hardies concep-
tions. On rêve encore de nos jours ; si ce n'est
pas l'impiété et le libéralisme qui endorment,
l'intérêt et l'ambition aveuglent et le résultat est
le même pour la France. On dit, comme le ministre philosophe, que les mœurs reprendront
leur doux empire et que l'amour de la patrie
renaîtra dans tous les cœurs ; mais que fait-on pour
opérer cette révolution bienfaisante ? La déprava-

tion des mœurs est arrivée à son dernier période, les lois de l'église sont méprisées , l'immoralité a pris un caractère de perversité qu'elle n'eût peut-être jamais; elle est organisée dans différentes classes de la société de manière à ce que le public soit toujonrs dupe ; les jeux publics calculés avec une adresse perfide qui rend le banquier impassible, livre le joueur à sa passion et devient la cause de tant de regrets , de remords et de crimes; la loterie, si séduisante en apparence , assure , par ses combinaisons , seize et un quart pour cent de perte dans la chance la plus favorable et une progression arithmétique scandaleuse dans les autres. Où sont les ordonnances pour faire cesser tous ces abus ? Un homme d'état aurait senti que la régénération de l'empire devait commencer par ces réformes. Si, depuis dix-huit mois , on avait pris ces mesures sages et énergiques qui sont à la disposition du gouvernement , la police aurait aujourd'hui moins de malfaiteurs et de gens mal-intentionnés à surveiller , les tribunaux moins de crimes et de procès honteux à juger, et le Roi moins d'ennemis à contenir. On ne voudra pas m'objecter , sans doute , que ces suppressions et ces réformes laisseraient un vide dans les revenus de l'état ; ma réponse serait trop facile. Je dirais que les ressources de la France sont si étendues qu'elle doit faire le sacrifice de quelques millions dont la source est si immorale, et je ferais observer que les charges diminuent tous les jours dans une proportion qui aura bientôt rempli ce vide. Ces réflexions portent particulièrement sur l'établissement des jeux ; une seule suffira pour celui de la loterie. Quel est l'homme honnête qui voudrait jouer dans la société un jeu où le moindre avantage qu'il puisse avoir sur son adversaire est d'un sixième de la somme qui en fait l'objet ? La délicatesse, qui le lui défend, ne doit-elle pas arrêter le gouvernement ? Une politique et un calcul d'intérêt, que je ne veux pas caractériser par égard pour ceux qui s'y livrent encore aujourd'hui, ont fait introduire dans la marche du gouvernement des moyens que la probité désavoue. Des doctrines pernicieuses ont obtenu depuis long-temps ce relâchement dans les principes sévères de la probité ; mais le temps ne purifie que ce qui émane de la justice et de la sagesse et il n'a pas rendu plus licites les profits de la loterie et les bénéfices des jeux que le traité honteux qui paralyse les suffrages. Qu'on examine avec attention le caractère moral de ceux qui les vendent et on aura une idée juste de celui de ceux qui les achètent.

Entraîné dans une disgression qui ne déplaira pas au plus grand nombre de mes lecteurs, je reviens au rapport que j'ai suivi dans tous ses détails. L'auteur s'exprime d'une manière bien absurde en annonçant que l'amour de la patrie renaîtra à la première lueur d'une nouvelle prospérité. Il a été comprimé par tous les gouvernemens qui se sont succédés depuis plus de trente ans, mais il n'a jamais cessé d'exister. Cet état d'oppression a enfanté un égoïsme qui en est ordinairement la suite ; c'est le seul mal qu'il a produit et il sera insensiblement détruit par la confiance, lorsqu'elle sera rétablie. Il ne tient donc qu'au gouvernement de le faire cesser. Qu'il se hâte de seconder les bienveillantes intentions de la providence ui emploie, dans ce moment-ci, une infinité de moyens iuvisibles pour retremper le caractère de la nation française. Il n'a rien moins fallu que cette influence miraculeuse pour échapper aux effets de cette habile direction de l'éducation publique conseillée au Roi. La leçon tacite donnée par le grand professeur, n'a pas été négligée ; on ne prêchait pas ouvertement l'impiété, mais on gardait un profond silence sur la religion et les devoirs qu'elle impose. Ce silence laissait germer les passions, et on espérait que le développement produirait des explosions répétées qui renverseraient l'autel, et que sa chute entraînerait celle du trône.

« Le besoin de nous unir viendra de nos
» malheurs mêmes et de la nécessité de les ré-

» parer. » Cette pensée juste et vraie en apparence, cesse de l'être lorsque l'on songe aux
mesures qui devaient être prises pour arriver à
cette union si désirée. Le ministre ne l'ignorait
pas, mais il se flattait, en enveloppant ses intentions de tout le prestige des sophismes, de
persuader qu'un nouvel esprit public et utile à la
monarchie, serait le fruit de ce rapprochement.
En tirant le rideau sur cette inconcevable mémoire,
disons à tous ceux qui se sont laissé séduire par
les fausses idées dont il est rempli, que tous les
français qui n'ont jamais dévié de la route de
l'honneur, seront toujours disposés à fraterniser
avec eux lorsqu'ils seront sûrs de leur sincérité
et qu'ils regarderont cette conquête à la monarchie
comme un des prix de leurs honorables sacrifices.

L'intention de captiver la confiance du Roi, le
désir de surprendre sa religion, engagèrent, il y
a huit ans, un des membres les plus ardens de
la congrégation philosophique à faire la peinture
la plus effrayante du royaume, en donnant de
l'inquiétude sur ses ressources, en exagérant les
maux de la révolution et les effets des invasions,
en dénaturant l'esprit, les vœux et les dispositions
de ses habitans. L'idée du projet se conçoit, mais

la probabilité de son exécution ne s'expliquerait pas, si celui qui l'avait conçu n'avait pas aperçu dans l'enceinte privilégiée des hommes en crédit très-disposés à le seconder. Fort de leur zèle et de leur coopération, il avait jugé que certaines passions, qui dominent secrètement un homme en place, rendraient muets les membres du conseil qui ne l'approuveraient pas. A cette hauteur, les deux plus grands ennemis de la vertu et de l'honneur sont l'intérêt et l'ambition. Ce sont eux qui peuplent les salles de réception du palais des rois et les salons dans les hôtels de leurs ministres. Toujours en évidence pour fixer le regard, ils servent de paravent à la modestie. La pénétration avait fait apercevoir des auxiliaires précieux dans des personnages qui semblaient être d'une opinion diamétralement opposée à la sienne. Cette circonstance frappante est une grande leçon pour les rois; elle leur apprend qu'ils ne doivent honorer de leur confiance et investir de leur autorité que des êtres foncièrement estimables. Les connaissances et les talens sont sans doute indispensables, mais ils seront plus nuisibles qu'utiles si les principes ne sont pas religieux. La religion repousse la cupidité et l'ambition, et elle éclaire le zèle.

Les commotions qui ébranlent les empires font une impression plus ou moins profonde sur les

cœurs; elles n'ont aucune influence sur les sentimens inspirés par la religion ; mais lorsqu'elles
se prolongent elles arrachent plus d'un sacrifice
à la délicatesse. Il est essentiel de péser sur cette
affligeante vérité pour bien comprendre ses consé-
quences. Le chef de l'état, tourmenté par les
imprudentes concessions qu'il a cru devoir faire,
se trouve, en jettant un coup-d'œil autour de lui,
dans une situation difficile et fort embarrassante.
Il sait qu'une nation composée de trente millions
d'âmes contient un grand nombre d'hommes d'un
mérite éprouvé et dignes, sous tous les rapports,
de toute sa confiance. Il voudrait les connaître ;
il les cherche ; mais il ne s'aperçoit pas que tous
les passages par où ils pourraient arriver jusqu'à
lui sont obstrués. Il ignore même que les jaloux
de leur supériorité, convaincus de l'effet qu'ils
produiraient sur son esprit et dans tout son
royaume, ne sont occupés qu'à les tenir à l'écart.
Les persécutions, les injustices, les convulsions,
en paralysant les talens, ont rendu la médiocrité
orgueilleuse, et le retour de la monarchie a fait
naître une hypocrisie politique qui nous était
inconnue. La jalousie éloigne, l'intérêt rapproche
et le partage des places, des honneurs et des
faveurs est arrêté. On ne laisse au mérite, à
l'honneur, à la fidélité, que ce qui suffit pour
comprimer les murmures. Etonné de voir dans

cette coalition des personnages estimés et consi-
dérés, on cherche le motif qui a pu les entraîner
dans un systême prolongé dont la France gémit
et l'Europe s'inquiète. On le trouve ; la plume
s'arrête devant l'espérance qui semble annoncer
que cette dangereuse complicité cessera. Mais, en
attendant que la providence opère ce petit prodige, examinons s'il n'est aucun moyen de faire
ouvrir les barrières du trône. Cette expression
paraîtra curieuse lorsqu'on réfléchira que dans
aucun temps les avenues de la cour n'ont été plus
libres. L'idée n'en est pas moins juste et elle
prouve qu'après les grandes crises, les extrêmes
se touchent. On lit dans les histoires orientales
qu'un monarque, occupé du bonheur de ses sujets,
voulut connaître tous ceux à qui la nature avait
accordé des talens et qui avaient mérité, par une
vie irréprochable, l'estime de leurs concitoyens.
Il ne se laissa point arrêter par le proverbe uni-
versellement répandu que les rois n'ont point
d'amis et il espéra faire mentir l'adage. Le dis-
cernement, l'observation et le temps dirigèrent
son choix et il trouva deux de ses sujets qui
possédaient ces qualitésprécieuses pour le seconder
dans ses vues bienfaisantes. Il leur confia son projet
et il les pria de lui donner les moyens de le mettre
en exécution. Les confidens choisirent six personnes
qui furent chargées de parcourir les provinces de

l'empire et de faire secrètement une liste de tous les sujets du Roi qui joignaient à une éducation soignée, l'esprit, l'instruction et la moralité. Les émissaires s'acquittèrent de leur commission sans avoir aucune communication entre eux et dans un espace de temps assez limité; la liste fut remise au souverain. L'état des personnes inscrites, leurs occupations habituelles, leur naissance, leur caractère, tout était caractérisé et circonstancié. Il garda avec soin ce travail pour s'en servir dans l'occasion et il ordonna à ses confidens de lui procurer les détails les plus exacts et les plus circonstanciés sur la composition des membres attachés aux différentes administrations de son empire, sur leur attachement à son gouvernement et sur leur moralité. Ces nouveaux renseignemens lui furent donnés avec la plus scrupuleuse fidélité et lorsqu'il eut réuni ces elémens précieux, il commença la régénération qu'il avait méditée en silence. Avant de nommer à une place vacante, il consultait son petit conseil privé et la préférence était donnée à celui qui, dans l'examen le plus sévère, réunissait le plus de titres pour l'obtenir. Il signalait, lui-même, les employés suspects et l'invitation de les renvoyer était exprimée dans des termes si positifs qu'il était impossible de l'éluder. Ses ministres, qui connaissaient ses lumières en administration, n'étaient

point étonnés de la justesse de ses observations,
mais ils ne pouvaient pas concevoir comment il
avait pu acquérir des connaissances sur toutes les
classes de ses sujets , que l'étude ne donne point.
L'épuration générale se faisait par leurs ordres et
l'inquiétude les forçait à une obéissance passive.
Enfin, ce grand ouvrage fut consommé et l'empire
retentit d'actions de grâces rendues à un souverain
qui avait eu le talent admirable de réformer un
nombre infini d'abus crians et invétérés en agis-
sant toujours , pendant cette longue opération ,
avec la plus grande circonspection. L'auteur arabe
qui cite ce fait , ne dit point ce qne devinrent
les ministres ; il les oublie pour s'occuper des
deux personnages qui avaient été si utiles à leur
maître. Le roi empressé de récompenser un zèle
qui avait dû rencontrer plus d'une contrariété
et une discrétion mise à plus d'une épreuve, leur
demanda ce qu'il pourrait faire de plus agréable
pour eux. Ils supplièrent S. M. , en lui exprimant
leur reconnaissance , de leur permettre de ne
rien accepter. Surpris d'un refus qui redoublait
pour eux son estime , il insiste en désirant de
connaître le motif de leur résistance à ses généreuses intentions. Leur réponse fut aussi noble
que leur conduite; ils répondirent qu'après avoir
été assez heureux pour contribuer au repos et à
la prospérité de leur patrie en faisant mettre ses

grands intérêts entre les mains d'hommes aussi
probes qu'éclairés, ils désiraient jouir de son
bonheur sans exciter l'envie et la jalousie qui ne
manqueraient pas de donner à leur dévouement
un motif intéressé. L'admiration fit taire la ré-
connaissance; le roi céda et il eut la double satis-
faction de voir son empire heureux et de conserver
deux amis de sa gloire. (1)

Cette anecdote historique confirme ce qui a
été dit souvent, que lorsqu'un souverain a manifesté d'un ton ferme, sa volonté de régner par
la religion, la justice et l'équité, ceux qui l'en-
tourent sont forcés de respecter sa détermination
et ne se permettent jamais ces réflexions insi-
dieuses qui ne surprenent que la faiblesse. Après
cette petite excursion hors de mon sujet, j'y
reviens.

---

(1) Ces traits intéressans dont le souvenir est perpétué d'âge en
âge par l'histoire, remplissent de la plus noble émulation les âmes
disposées à les renouveller et sout une critique amère de ces hommes
en place qui, en ouvrant le porte-feuille qui leur est confié, ins-
crivent en tête de leur travail les noms de leurs enfans, de leurs
parens, de leurs amis et de leurs protégés. L'instabilité d'une administration établie sur un sable mouvant, les avertit de prévoir
la disgrace et de s'assurer, pour en faire oublier le désagrément,
d'une chaire curule et d'une pension. Les personnages illustres dont
on ne prononce les noms qu'avec un religieux respect, servaient
leur Roi et leur pays sans aucun motif d'intérêt. Leur exemple a
trouvé peu d'imitateurs depuis que la philosophie a détruit l'élévation de l'âme et, avec elle, la pureté des sentimens.

Cette France menacée d'anathême par l'oracle de 1815, se replace insensiblement au rang qu'elle doit occuper parmi les grandes puissances de l'Europe. Mais l'œil observateur cherche envain à connaître le plan qui a été tracé pour la sauver. Il ne voit point cette marche franche qui fixe l'espérance, ces mesures décisives qui attaquent le mal dans sa racine et cet accord parfait si effrayant pour les factienx. Il aperçoit les passions qui agissent dans le mystère et l'égoisme qui s'enveloppe du manteau du dévouement. Étonné du bien qui s'opère lentement, il remonte par ses réflexions jusqu'à la source et il est convaincu que ce n'est pas l'ouvrage des hommes. Cette obser-vation si naturelle explique tout. L'esprit qui anime l'armée, qui inspire les magistrats, qui excite le zèle des missionnaires, qui rend la charité si active et la bienfaisance si délicate, qui donne à la piété un calme envié par ceux mêmes qui la tournent en ridicule, à la vertu cette aimable simplicité qui la fait respecter, n'est pas né au milieu de ce tourbillon où s'allument les passions, où elles s'entretiennent et où elles ne s'éteignent qu'avec la vie. La providence a voulu qu'il parût pendant que le cratère du volcan révolutionnaire brûlait encore. La honte commence à couvrir les égaremens de l'homme vicieux, et l'impiété se cache sous l'indifférence religieuse. Les exemples

des personnages les plus élevés en dignité et les
plus marquans dans la société , frappent d'admiration et provoquent un retour sur soi-même ;
le retour amène le repentir et la religion fait
tous les jours de nouvelles conquêtes. Cette
bienveillance se fait remarquer dans tous les états
de l'Europe : doit-on s'en étonner , lorsqu'on
réfléchit que la bonté céleste n'est qu'un instant
suspendue par le châtiment et qu'elle se manifeste
de nouveau lorsqu'il est infligé. Les êtres privi-
légiés choisis par elle pour exécuter ses intentions
n'ont qu'à la supplier de les faire connaître et ils
seront écoutés. Tous ces systèmes , tous ces essais
si absurdes , si dangereux , seront abandonnés ,
et l'on sentira qu'il n'y a d'autre manière de gouverner les peuples que celle qui a été prescrite
par Dieu lui-même. Les tergiversations qui fa-
tiguent et mécontentent , cesseront ; une conduite
éclairée par la vigilance préservera la probité d'un
ministre de la surprise de l'infidélité d'un commis.
C'est alors qu'on ne verra plus dans l'administration ces mouvemens et ces déplacemens que
rien ne semble justifier. Si un administrateur est
suspect par son opinion ; s'il n'est pas le protecteur
de la religion et des mœurs , il est indigne de la
confiance du Roi. S'il remplit ses devoirs , s'il
est estimé , pourquoi l'enlever à une province
heureuse sous son administration et dont il

connaît tous les habitans. Un homme d'état
compte pour quelque chose cette connaissance
qui ne s'obtient que par le tems et il se garde
bien de déplacer celui qui la possède , lorsqu'aucun
motif ne commande cette mesure. Ces déplacemens onéreux dont les magistrats sont sans cesse
ménacés , doivent nécessairement les empêcher
de s'attacher , comme des pères de famille , aux
départemens confiés à leurs soins.

Si nous sommes assez heureux pour voir une
administration fondée sur ces principes de vérité
et de justice , nous n'entendrons plus demander
la raison qui engage à donner secrètement aux
préfets des instructions particulières qui entravent
leur zèle. Le prétexte ostensible est frivole ; le
vrai motif se devine. Les instructions secrètes
sont toujours connues des ennemis du gouvernement et ils combinent leurs manœuvres pour
faire écarter ses amis. Les ordres leur sont
adressés lorsqu'on désire des renseignemens. Le
rapport commence par un grand éloge de la vie
politique du sujet fidèle et se termine par les
réflexions d'usage sur son incapacité et son exal-
tation. Une vertueuse sévérité de principes est
une exagération aux yeux de ceux qui n'en ont
point et l'on remarque que ce mot si heureux
a été appliqué avec le même avantage sous le
règne de l'usurpation et sous celui de la légi-

timité, c'est le même esprit reproduit sous une autre forme. Il fit proposer et adopter, en 1815, le projet de réformer les compagnies rouges et une partie des gardes-du-corps. La grande raison d'Etat fut l'économie, le motif, leur éclatante fidélité. A cette réforme, succéda la retraite de tous ces anciens serviteurs qui, depuis le 5 octobre 1789, jusqu'au jour de leur licenciement, avaient honoré leur corps par un dévouement dont l'histoire offre peu d'exemples. Dans les temps où les officiers français étaient traités avec les égards qui leur étaient dus, ils fixaient eux-mêmes le moment de leur retraite et il ne serait jamais entré dans la pensée d'un ministre qui respectait les convenances de la prescrire impérativement. Pour faire oublier la rigueur de cette ordonnance, on enveloppa de graces l'humiliation et l'on fit répandre dans le public que les besoins du royaume demandaient impérieusement ce sacrifice. Ces gens si habiles en tactique, ne sont pas heureux en raisonnemens. Faisons un calcul arithmétique pour voir ce que la France a gagné par cette étrange innovation; il sera fort simple. Un officier supérieur des gardes-du-corps, officier général, a reçu une pension de retraite plus ou moins considérable; il a été remplacé par un de ses camarades qui a touché son traitement; l'Etat a donc été surchargé de la pension qu'on lui a payée. Il était plus simple et plus économique de le laisser servir encore quelques années. Les retraites se seraient faites successivement ; le trésor royal eut été allégé dans l'intervalle et la reconnaissance eût rendu hommage à la vertu. Cet honorable arrangement était si naturel qu'il eut été fait sans réflexion si le plan n'avait pas été arrêté d'éloigner du trône tous ces hommes incorruptibles et inébranlables à leurs postes. On espérait que le renouvellement du corps éteindrait cette héroïque énergie de sentimens. Tout semblait présager ce malheur ; mais à la honte et au désespoir de ceux qui le désiraient avec tant d'ardeur, l'esprit des Preux, qui, loin du trône, adressent leurs vœux au ciel pour qu'il répande ses bénédictions sur lui, anime encore tout ceux qui leur ont succédé. La garde royale rivalise de zèle avec ce corps qui, depuis sa création, est le phare de l'armée française et la conspiration épuisée se cache dans ses plus sombres retraites. Ce résultat extraordinaire a été le prélude de tous ces évènemens non moins remarquables qui tiennent du prodige. Ces réflexions répandent dans l'âme la plus douce consolation et elle n'est point effrayée de l'avenir. Pleine de confiance dans le moteur suprême qui protège d'une manière si spéciale l'empire des lys, elle est convaincue qu'on fera cesser ces abus révoltans qui désolent la société. La révolution a vomi, à la fois sur la France, la rébellion, l'impiété et l'immoralité. On a terrassé la rébellion, l'impiété sera réduite au silence, l'immoralité seule marche encore la tête levée et brave l'opinion publique qui la dénonce. La haute magistrature a manifesté en général les plus vertueux sentimens; mais tous les individus attachés au barreau sont loin d'avoir imité l'exemple qui leur a été donné par les juges. Le vice est organisé; une coalition pour pressurer les plaideurs est formée et la cupidité rapproche toutes les opinions. Un plaideur mécontent des lenteurs de l'avoué chargé de faire le résumé de son affaire, le quitte et se présente chez un de ses confrères à qui il s'empresse de dire les motifs qui l'ont déterminé a avoir recours à lui. Il en est accueilli avec politesse; elle est accompagnée de l'assurance qu'il mettra autant de zèle que d'activité à suivre ses intérêts. La promesse est bientôt oubliée; il la rappèle; on lui répond par des lieux communs d'usage. Il observe de plus près les manœuvres et il voit qu'on fait naître des incidens concertés avec le défenseur de sa partie adverse pour prolonger le procès. Convaincu qu'un plaideur enlacé dans les filets de toutes les combinaisons, ne peut pas échapper à la rapacité; il attend que les juges prononcent, qu'on

se querelle ostensiblement au palais pour partager
en silence les dépouilles. Ce scandale est devenu
si grand que les jeunes élèves de l'école de droit
qui ne se sont point laissé corrompre par des
leçons dangéreuses ou séduire par de funestes
exemples, balancent s'ils exerceront une profession dont le moindre inconvénient est de ne jouir
d'aucune considération.

Il est facile de concevoir qu'une démoralisation
universelle a dû produire un grand nombre d'effets
de cette nature. Un volume ne suffirait pas pour
contenir tous les abus qui se sont introduits. Leur
destruction totale est très-difficile, peut-être même
impossible, mais ne peut-on pas s'occuper de
ceux qui se renouvellent tous les jours dans les
classes où régne l'aisance. Il en est un qui a déjà
été dénoncé au gouvernement et qui est devenu
un vrai fléau. A ce mot on me devine et on sait
que je veux parler des infidélités domestiques. Le
silence de la police, indubitablement contrariée par
l'imperfection des lois, a donné aux valets une
hardiesse sans exemple chez les nations policées.
Les grandes fortunes réunies dans Paris, la variété
infinie des moyens qui facilitent ces vols qu'on
appèle des profits dans la langue des fripons,
l'espérance de se dérober aux recherches au milieu d'une grande population, attirent tous les
mauvais sujets du royaume. Ignorans, sans édu-

cation , étrangers à toutes les ressources qu'offre l'industrie , ils n'aiment qu'une vie oisive et ils ne désirent que de trouver les moyens de satisfaire leurs inclinations. La nature est ingrate, mais le vice est ingénieux ; il donne dans tout ce qui le concerne , de l'activité et de la prévoyance à la stupidité même ; il inspire à cette classe grossière et inepte qui s'abandonne à son impulsion , tous les calculs et toutes les combinaisons. Il commande la discrétion , l'accord , le silence , et dans la domesticité il fait naître l'idée heureuse de rendre complices tous les fournisseurs. Continuellement absorbés par la pensée de satisfaire leurs passions ou de s'assurer promptement une existence pour l'avenir, les valets ne remplissent leurs devoirs que pour inspirer la confiance. Ils ne sont susceptibles d'aucun attachement et ils ne répondent aux soins et aux bontés de leurs maîtres qu'en publiant les défauts de ceux qui en ont et en calomniant ceux qui n'en ont point. La tolérance rend coupable , l'impunité criminel. L'habitude du vice, comme celle du crime, va toujours en croissant; il est facile maintenant de calculer jusqu'à quelle hauteur s'élévera ce désordre s'il n'est pas arrêté.

Les déplacemens et les reviremens de fortune incalculables, occasionnés par un bouleversement universel, ont détruit cet esprit de sagesse qui attachait au sol qui les avait vu naître et à l'état de leurs ancêtres les dix-neuf vingtièmes des habitans de la même province. L'ambition ne venait point tourmenter le jeune cultivateur lorsqu'il essayait de conduire la charrue de son père, ni le jeune vigneron lorsqu'il apprenait à donner au cep un appui et à préparer le terrein qui nourrissait ses racines. Heureux sous le toît modeste de leurs aïeux, ils croyaient que la ville principale de leur province était la capitale universelle et que ses limites étaient celles du monde. Leur éducation se bornait à la connaissance des principes fondamentaux de la religion et lorsqu'ils se trouvaient dans l'âge des passions, le bonheur de leur patrie, la prospérité du troupeau confié à leurs soins fixaient leurs vœux et leur ambition. Le desir de se transporter dans la grande cité pour admirer les palais du roi et les beautés renfermées dans sa vaste enceinte ne les tourmentait jamais. Invariables dans les sentimens dont ils étaient pénétrés sans pouvoir les exprimer, ils remplissaient tous leurs devoirs avec une édifiante simplicité. Leur bonheur et leur sagesse épouvantaient ces êtres pervers qui travaillaient sourdement à l'anéantissement de toutes les sociétés. Leur imagination, trop féconde en crimes, trouva le moyen de faire entrer les passions dans ces cœurs innocens en changeant la forme du

gouvernement, en fixant son siège dans Paris,
en attirant autour de lui toutes les grandes fortunes et en favorisant tous les genres de spécu-
lations. Le succès couronna leurs funestes combinaisons; la confusion remplaça la hiérarchie et
l'on vit des hommes sortis de la troisième classe
de la société sans autres titres que l'audace, sans autre
mérite que l'impudence, occuper les premières
places de la monarchie. Un second coup de la
baguette philosophique transforma en financiers
et en spéculateurs, des laquais et une multitude
de gens placés dans les derniers rangs de la
population. Les besoins de l'état avaient forcé
d'avoir recours aux emprunts; les emprunts mirent
en circulation les effets qui les composaient et ce
mouvement fit naître l'agiotage. La bourse, où
se faisaient ces échanges très-dangereux par leur
facilité, devint une puissance, la boussole de la
confiance et l'aiguille aimentée qui devait pomper
tout le numéraire du royaume. Les journaux
multipliés et répandus avec la plus libérale pro-
fusion dans les campagnes les plus éloignées,
annoncèrent la rapidité des fortunes et la facilité
d'obtenir des places dans les administrations
lorsqu'on remplissait les conditions exigées par
le réglement philosophique. Cette perspective
séduisante changea toutes les idées; la sagesse

se tut et l'ambition présenta le tableau des heureux du moment qui avaient échangé leur chaume contre des lambris dorés. La charrue et les professions protectrices de l'innocence furent abandonnées et les jeunes gens, victimes de leur crédulité, vinrent au milieu du tourbillon grossir la foule des prétendans qui croyaient que les places, les honneurs, les grâces et les faveurs devaient appartenir au premier venu. L'erreur fut bientôt dissipée et un des jeunes gens se jetta dans une de ces écoles où l'on enseignait les plus abominables doctrines. Son âme fut corrompue, sa vie licencieuse et sa fin aussi tragique que prématurée. Le compagnon de son enfance avait vendu la terre arrosée de la sueur du front de ses parens qui n'étaient plus, et avec quelques sacs d'argent il espérait faire une grande sensation à la bourse. L'inexpérience, à cette époque de la vie où le jugement n'est pas encore formé, ne lui permit pas de suivre sur ce terrein dangereux une marche tracée par la prudence et la circonspection. Sa fortune s'évanouit en un clin-d'œil et il ne lui resta pour exister que ces moyens repoussés par la probité ou désavoués par la délicatesse. Telle est l'histoire abrégée de la révolution qui se fit dans les têtes. Cette décomposition morale fut l'ouvrage et le triomphe de la philosophie. Elle avait été préparée par un changement audacieux, mais dont l'idée était le chef-d'œuvre de la perfidie.

Une noble fierté est le caractère distinctif du Peuple français. Il contemplait avec orgueil cette longue série de siècles qui étaient écoulés depuis qu'un héros plaça ses descendans sur le trône de France. Il lisait ou il écoutait avec le plus vif intérêt l'histoire de ces grands vassaux qui avaient joué un si grand rôle jusqu'à la réunion de leurs domaines à la couronne. Son amour-propre était flatté en pensant que ses aïeux avaient été enrolés sous les banières de ces illustres barons, ducs et comtes, lorsqu'ils étaient commandés par le chef suprême de l'Etat. Ces réflexions donnaient à son âme une grande élévation. La philosophie allarmée détruisit, d'un trait de plume, le principe de ces généreux sentimens en changeant toutes les dénominations des provinces. Des mots barbares ou ridicules remplacèrent ces noms si long-temps célébrés dans l'histoire et auxquels s'attachaient les plus brillans souvenirs. J'interroge ces grands philosophes qui existent encore, et je leur demaude si le département de la Seine donne une idée de cette Ile-de-France qui était le premier patrimoine de la famille de nos rois? Dans les noms gothiques d'Ile-et-Vilaine, du Morbihan, reconnaît-on cette Bretagne si heureuse sous ses ducs, si féconde en héros, et d'où partirent ces illustres aventuriers qui s'emparèrent du royaume de Naples? La Garonne retrace-t-elle cette Guyenne qui, sous le nom de royaume d'Aquitaine, était l'appanage d'un des fils des rois de la seconde race? Dans la Côte-d'Or et la Marne, retrouve-t-on ce royaume ou ce duché de Bourgogne dont les souverains rivalisaient de puissance avec leur seigneur suzerain et ce comté de Champagne qui donnait au seigneur qui le possédait, le beau droit de porter l'épée au sacre des rois? Un étranger qui connaît l'Histoire de France, n'est-il pas révolté lorsqu'il lit, pour la première fois, que le royaume ou le duché de Lorraine, dont l'origine remonte au neuvième siècle, et qui a été pour ainsi dire le berceau d'une des branches de l'illustre maison d'Autriche, est désigné sur la nouvelle carte de France, par le stupide nom de la Meurthe. Le Puy-de-Dôme et le Cantal rappellent-ils cette antique Auvergne, honoré du titre de royaume, lorsque Jules-César entreprit la conquête des Gaules et qui arrêta si glorieusement dans sa marche rapide, le plus grand capitaine de son temps? Le Languedoc, qui exerce si agréablement la mémoire en la faisant remonter jusqu'au temps ou Clovis, après avoir remporté une victoire signalée sur Alaric second, roi des Visigoths, s'empara de la ville de Toulouse, au sixième siècle ; n'est-il pas ridiculement marqué sous les dénominations de la Garonne , de l'Aude et de l'Héraut ? Les Hautes et les Basses Pyrénées , les Bouches-du-Rhône , ramènent cette affligeante observation , lorsqu'on pense qu'elles doivent faire oublier cette Provence érigée en royaume par un roi de France , au milieu du neuvième siècle , si intéressante sous ses comtes et réunie à la couronne en 1481. Le Vendalisme philosophique, en dénaturant tout, ne pouvait pas oublier le royaume d'Henry IV , qui l'aurait traité comme il traita la Ligue , s'il avait osé se montrer pendant qu'il tenait d'une main ferme , les rennes du gouvernement de ses Etats ; il n'existe plus que dans le Dictionnaire Historique et dans les préambules des Ordonnances !

FIN.

Pendant que ces réflexions sur la situation de la France étaient sous presse , la nation entière a été agitée par la nouvelle de la dissolution de la Chambre des Députés. Ce projet a été combattu avec avantage par les écrivains royalistes et mal défendu par les journaux influencés. Un personnage marquant dans la littérature s'est persuadé qu'une apologie de cette mesure sortie de sa plume exercée, entraînerait, dans cette circonstance, l'opinion de tous les amis de la monarchie ; il s'est trompé. Les sophismes, enveloppés de tout le prestige de l'éloquence, ne valent pas le gros bon sens d'un fort de la halle qui dit « nous sommes bien, tenons nous y. La manie des innovations ressemble à ces maladies épidémiques qni ne saisissent d'abord que les constitutions faibles et qui finissent par attaquer les tempéramens les plus robustes. Si les partisans de ce système voulaient connaître l'effet qu'il a produit, je leurs conseillerais d'envoyer quelques émissaires secrets dans les sallons et dans les différentes réunions de toutes les classes de la société, cette épreuve leur apprendra que les quatre-vingt-dix centièmes de la population le désap-prouvent hautement, et si elle se prolonge jusque dans les départemens, ils y trouveront le même esprit accompagné de circonstances plus impérieuses. En examinant les motifs sur lesquels s'appuie ce changement dans la première de nos institutions, on est convaincu qu'on peut les faire disparaître sans avoir recours à un moyen qui n'est pas sans danger, et en méditant sur ses résultats, on aperçoit une opposition nouvelle se former à l'ouverture de la première session ; soutenue par l'opinion, elle deviendra redoutable et peut-être sera-t-elle forcée de rechercher les combinaisons intéressées d'une imprudente imprévoyance.